क़ोणी वेडा मज म्हणते
(काव्यसंग्रह)

डॉ. कुमार विश्वास

अनुवाद

रवींद्र कोल्हे

डायमंड बुक्स
www.diamondbook.in

Koi Diwana
Kahta Hai

(Kavya Sangrah)
By **Dr. Kumar Vishvas**

Publisher : Diamond Pocket Books (P) Ltd.
X-30, Okhla Industrial Area, Phase-II
New Delhi-110020

Phone : 011-40712200
E-mail : sales@dpb.in
Website : www.diamondbook.in
Edition : 2019

क्रोणी वेडा मज म्हणते
Koi Diwana Kahta Hai (Marathi)
By *Dr. Kumar Vishvas*

त्या
स्वप्नांना...
जी आपल्यांनीच
भंग केली...

सारे जीवन
निघून गेले
फक्त तुला ग़ाता गाता...
क्षणोक्षणी
काही रिते होत गेले
एक क्षण जगता,
एक क्षण मरता,
त्यामध्ये
इतरांचे आहे किती,
हा गुंता का सोडवावा
ग़ीत, भूमिका
सारे काही तूच माझे
आता आणखी पुढे
कोणता सांगावा...

सर्वांची माझ्यावर काही ना काही देणी, म्हणून सर्वांचा मी ऋणी...

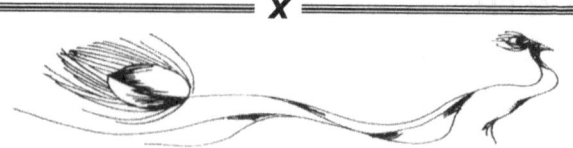

असे गायीले मी तुजशी...

न गाताही गायीले तुजशी...

ये रदिफो काफिया

नीशिगंधाच्या काही कळ्या

तू मज इतके लुटले
दर मौफलित काहीतरी तुटले...

बाँसुरी चली आओ

तुम अगर नहीं आयीं, गीत गा न पाऊँगा
साँस साथ छोड़ेगी, सुर सजा न पाऊँगा
तान भावना की हैं, शब्द-शब्द दर्पण हैं
बाँसुरी चली आओ, होंठ का निमन्त्रण हैं

तुम बिना हथेली की हर लकीर प्यासी हैं
तीर पार कान्हा से दूर राधिका-सी हैं
शाम की उदासी में याद संग खेला हैं
कुछ गलत न कर बैठे, मन बहुत अकेला है
औषधि चली आओ, चोट का निमन्त्रण है,
बाँसुरी चली आओ, होठ का निमन्त्रण है

तुम अलग हुई मुझ से साँस की ख़ताओं से
भूख की दलीलों से वक्त की सज़ाओं से
दूरियों को मालूम है दर्द कैसे सहना है
आँख लाख चाहे पर होठ से न कहना है
कँचनी कसौटी को, खोट का निमन्त्रण है
बाँसुरी चली आओ,होठ का निमन्त्रण है

मन तुम्हारा हो गया

मन तुम्हारा
हो गया तो हो गया।
एक तुम थे जो सदा से अर्चना के गीत थे,
एक हम थे जो सदा ही धार के विपरीत थे। ग्राम्य-.
स्वर कैसे कठिन आलाप, नियमित साध पाता,
द्वार पर संकल्प के लखकर पराजय कँपकँपाता।
क्षीण-सा स्वर
खो गया तो, खो गया।
मन तुम्हारा
हो गया तो हो गया।
लाख नाचे मोर सा मन, लाख तन का सीप तरसे,
कौन जाने किस घड़ी, तपती धरा पर मेघ बरसे।
अनसुने चाहे रहे तन के सजग शहरी बुलावे,
प्राण में उतरे मगर जब सृष्टि के आदिम छलावे।
बीज बादल
बो गया तो, बो गया
मन तुम्हारा
हो गया तो हो गया।

क़ोणी वेडा मज म्हणते

मैं तुम्हें ढूँढने

मैं तुम्हें ढूँढ़ने, स्वर्ग के द्वार तक
रोज़ जाता रहा, रोज़ आता रहा
तुम ग़ज़ल बन गयीं, गीत में ढल गयीं
मँच से मैं तुम्हें गुनगुनाता रहा...

ज़िन्दगी के सभी रास्ते एक थे
सब की मंज़िल तुम्हारे चयन तक रहीं
अप्रकाशित रहे पीर के उपनिषद्
मन की गोपन-कथाएँ नयन तक रहीं
प्राण के पृष्ठ पर प्रीति की अल्पना
तुम मिटाती रहीं, मैं बनाता रहा
तुम ग़ज़ल बन गयीं, गीत में ढल गयीं
मँच से मैं तुम्हें गुनगुनाता रहा...

एक ख़ामोश हलचल बनी ज़िन्दगी
गहरा-ठहरा हुआ जल बनी ज़िन्दगी
तुम बिना जैसे महलों में बीता हुआ
उर्मिला का कोई पल बनी ज़िन्दगी
दृष्टि-आकाश में आस का इक दिया
तुम बुझाती रहीं, मैं जलाता रहा
तुम ग़ज़ल बन गयीं, गीत में ढल गयीं
मँच से मैं तुम्हें गुनगुनाता रहा...

तुम चली तो गयीं मन अकेला हुआ
सारी यादों का पुरज़ोर मेला हुआ
जब भी लौटीं नई खुशबुओं में सजीं
मनृ भी बेला हुआ, तन भी बेला हुआ
खुद के आघात पर, व्यर्थ की बात पर
रुठती तुम रहीं, मैं मनाता रहा
तुम ग़ज़ल बन गयीं, गीत में ढल गयीं
मँच से मैं तुम्हें गुनगुनाता रहा....

मैं तुम्हें ढूँढने, स्वर्ग के द्वार तक
रोज़ जाता रहा, रोज़ आता रहा....

प्यार नहीं दे पाऊँगा

ओ कल्पवृक्ष की सोनजुही
ओ अमलतास की अमल कली
धरती के आतप से जलते
मन पर छायी निर्मल बदली
मैं तुमको मधुसद्गन्ध युक्त, संसार नहीं दे पाऊँगा
तुम मुझको करना माफ़ तुम्हें मैं प्यार नहीं दे पाऊँगा

तुम कल्पवृक्ष का फूल और
मैं धरती का अदना गायक
तुम जीवन के उपभोग योग्य
मैं नहीं स्वयं अपने लायक
तुम नहीं अधूरी गजल शुभे!
तुम साम-गान सी पावन हो
हिमशिखरों पर सहसा कौंधी
बिजुरी-सी तुम मनभावन हो
इसलिए व्यर्थ शब्दों वाला, व्यापार नहीं दे पाऊँगा
तुम मुझको करना माफ़ तुम्हें मै प्यार नहीं दे पाऊँगा

तुम जिस शय्या पर शयन करो
वह क्षीर-सिन्धु सी पावन हो
जिस आँगन की हो मौल श्री
वह आँगन क्या वृन्दावन हो

जिन अधरों का चुम्बन पाओ
वे अधर नहीं गंगा तट हों
जिसकी छाया बन साथ रहो
वह व्यक्ति नहीं वंशी-वट हो
पर मै वट जैसा सघन छाँह-विस्तार नहीं दे पाऊँगा
तुम मुझको करना माफ़ तुम्हें मैं प्यार नहीं दे पाऊँगा

मैं तुमको चाँद-सितारों का
सौंपूँ उपहार भला कैसे
मैं यायावर बँजारा साधुँ
सुर-संसार भला कैसे
मैं जीवन के प्रश्नों से नाता
तोड़, तुम्हारे साथ प्रिये।
बारूद बिछी धरती पर कर लूँ
दो पल प्यार भला कैसे
इसलिए विवश हर आँसू को, सत्कार नहीं दे पाऊँगा
तुम मुझको करना माफ़ तुम्हें मैं प्यार नहीं दे पाऊंगा
ओ कल्पवृक्ष की सोनजुही
ओ अमलतास की अमल कली

क्रोणी वेडा मज म्हणते

नुमाइश

कल नुमाइश में फिर गीत मेरे बिके
और मैं क़ीमतें ले के घर आ गया
कल सलीबों पे फिर प्रीत मेरी चढ़ी
मेरी आँखों पे स्वर्णिम धुआँ छा गया

कल तुम्हारी सु-सुधि में भरी गन्धफिर
कल तुम्हारे लिए कुछ रचे छन्द फिर
मेरी रोती सिसकती-सी आवाज़ में
लोग पाते रहे मौन-आनन्द फिर
कल तुम्हारे लिए आँख फिर नम हुई
कल अजाने ही महफ़िल में, मैं छा गया

कल सजा रात आँसू का बाजार फिर
कल ग़ज़ल-गीत बनकर ढला प्यार फिर
कल सितारों-सी ऊँचाई पाकर भी मैं
ढूँढता ही रहा एक आधार फिर
कल मैं दुनिया को पाकर भी रीता रहा
आज खोकर स्वयं को तुम्हें पा गया

तुम गये क्या

तुम गये क्या, शहर सूना कर गये
दर्द का आकार, दूना कर गये

जानता हूँ फिर सुनाओगे मुझे मौलिक कथाएँ
शहर भर की सूचनाएँ, उम्र भर की व्यस्तताएँ
पर जिन्हें अपना बनाकर, भूल जाते हो सदा तुम
वे तुम्हारे बिन, तुम्हारी वेदना किसको सुनाएं
फिर मेरा जीवन, उदासी का नमूना कर गये
तुम गये क्या, शहर सूना कर गये

मैं तुम्हारी याद के मीठे तराने बुन रहा था
वक़्त खुद जिनको मगन हो, साँस थामे सुन रहा था
तुम अगर कुछ देर रुकते तो तुम्हें मालूम होता
किस तरह बिखरे पलों से मैं बहाने चुन रहा था
रात भर 'हाँ-हाँ' किया पर, प्रात में 'ना' कर गये
तुम गये क्या, शहर सूना कर गये

क़ोणी वेडा मज म्हणते

बेशक़ ज़माना पास था

जीवन में जब तुम थे नहीं
पलभर नहीं उल्लास था।
खुद से बहुत मैं दूर था,
बेशक जमाना पास था।

होठों पे मरुथल और दिल में एक मीठी झील थी,
आँखों में आँसू से सजी, इक दर्द की कन्दील थी।
लेकिन मिलोगे तुम मुझे
मुझको अटल विश्वास था
खुद से बहुत मैं दूर था, बेशक़ ज़माना पास था।

तुम मिले जैसे कुँवारी कामना को वर मिला।
चांद की आवारगी को पूनमी – अम्बर मिला।
तन की तपन में जल गया
जो दर्द का इतिहास था।
खुद से बहुत मैं दूर था, बेशक़ ज़माना पास था।

सफ़ाई मत देना

एक शर्त पर मुझे निमंत्रण है मधुरे स्वीकार
सफ़ाई मत देना,
अगर करो झूठा ही चाहे, करना दो पल प्यार
सफ़ाई मत देना...

अगर दिलाऊँ याद, पुरानी कोई मीठी बात
दोष मेरा होगा
अगर बताऊँ, कैसे झेला प्राणों पर आघात
दोष मेरा होगा
मैं खुद पर क़ाबू पाऊँगा, तुम करना अधिकार
सफ़ाई मत देना...

है आवश्यक वस्तु स्वास्थ्य, यह भी मुझको स्वीकार
मगर मजबूरी है
प्रतिभा के यूँ क्षरण हेतु भी, मैं ही ज़िम्मेदार
मगर मजबूरी है
तुम फिर कोई बहाना झूठा, कर लेना तैयार
सफ़ाई मत देना...

क्रोणी वेडा मज म्हणते

बादड़ियो गगरिया भर दे

बादड़ियो गगरिया भर दे
बादड़ियो गगरिया भर दे
प्यासे तन-मन-जीवन को
इस बार तो तू तरकर दे
बादड़िया गगरिया भर दे...

अम्बर से अमरित बरसे
तू बैठ महल में तरसे
प्यासा ही, मर जाएगा
बाहर तो आजा घर से

इस बार समन्दर अपना
बूँदो के हवाले कर दे
बादड़ियो गगरिया भर दे...

सबकी अरदास पता है
रब को, सब खास पता है
जो पानी में घुल जाए
बस उसको प्यासा पता है

बूँदों की लड़ी बिखरा दे
आँगन में उजाले कर दे
बादड़ियो गगरिया भर दे...

बादड़ियो गगरिया भर दे...
बादड़ियो गगरिया भर दे...

प्यासे तन-मन-जीवन को
इस बार तो तू, तर कर दे
बादड़ियो गगरिया भर दे...

क़ोणी वेडा मज म्हणते

धीरे–धीरे चल री पवन

धीरे–धीरे चल री पवन, मन आज है अकेला रे
पलकों की नगरी में सुधियों का मेला रे

धीरे चलो री! आज नाव न किनारा है
नयनों की बरखा में याद का सहारा है
धीरे–धीरे निकल मगन-मन, छोड़ सब झमेला रे
पलकों की नगरी में सुधियों का मेला रे

होनी को रोके कौन, वक्त से बँधे हैं सब
राह में बिछुड़ जाये, कौन जाने कैसे कब
पीछे मींचे आँख, सँजोये, दुनिया का रेला रे
पलकों की नगरी में सुधियों का मेला रे

तेज जो चले हैं माना दुनिया से आगे हैं
किसको पता है किन्तु, कितने अभागे हैं
वो क्या जाने महका कैसे, आधी रात बेला रे
पलकों की नगरी में सुधियों का मेला रे

क्या समर्पित करूँ

बाँध दूँ चाँद, आँचल के इक छोर में
मांग भर दूँ तुम्हारी सितारों से मैं
क्या समर्पित करूँ जन्मदिन पर तुम्हें
पूछता फिर रहा हूँ बहारों से मैं

गूँथ दूँ वेणी में, पुष्प मधुमास के
और उनको हृदय की अमर गंध दूँ,
स्याह भादों भरी, रात जैसी सजल
आँख को मैं अमावस का अनुबँध हूँ
पतली भ्रू-रेख की फिर करूँ अर्चना
प्रीति के मद-भरे कुछ इशारों से मैं
बाँध दूँ चाँद आँचल के इक छोर में
माँग भर दूँ तुम्हारी सितारों से मैं

पँखुरी से अधर-द्वय तनिक चूम कर
रँग दे दूँ उन्हें साँध्य-आकाश का
फिर सजा दुँ अधर के निकट एक तिल
माह ज्यों वर्ष के मध्य, मधुमास का
चुम्बनों की प्रवाहित करूँ फिर नदी
करके विद्रोह मन के किनारों से मैं
बाँध दूँ चाँच आँचल के इक छोर में
मांग भर दूं तुम्हारी सितारों से मैं

क़ोणी वेडा मज म्हणते

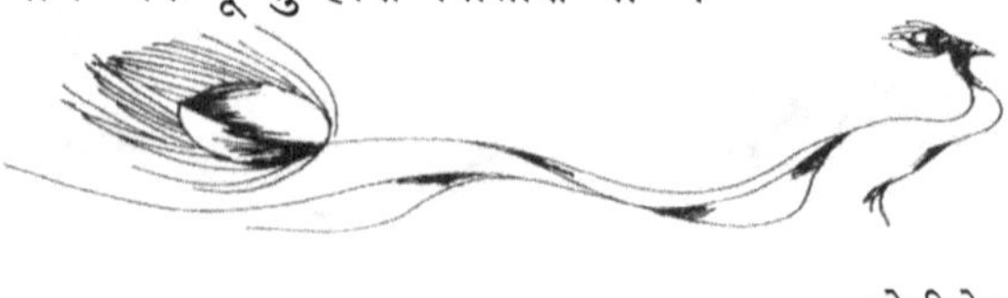

मेरे मन के गाँव में

जब भी मुँह ढक लेता हूँ
तेरी जुल्फ़ों की छाँव में,
कितने गीत उतर आते हैं,
मेरे मन के गाँव में।

एक गीत पलकों पर लिखना,
एक गीत होठों पर लिखना,
यानी सारे गीत हृदय की
मीठी सी चोटों पर लिखना।
जैसे चुभ जाता हैं कोई काँटा नगें पाँव में
ऐसे गीत उतर आते है, मेरे मन के गाँव में,

पलकें बंद हुई तो जैसे,
धरती के उन्माद सो गये,
पलकें अगर उठी तो जैसे
बिन बोलें सम्वाद हो गये।
जैसे धूप, चुनरिया ओढ़े, आ बैठी हो छाँव में,
ऐसे गीत उतर आते हैं, मेरे मन के गांव में।

माँग की सिंदूर रेखा

माँग की सिंदूर-रेखा, तुमसे यह पूछेगी कल...
''यूँ मुझे सिर पर सजाने का तुम्हें अधिकार क्या है?''
तुम कहोगी – ''वह समर्पण बचपना था'' तो कहेगी...
''गर वो सब कुछ बचपना था,
तो कहो फिर प्यार क्या है?''

कल कोई अल्हड़, अयाना, बावरा झोंका पवन का,
जब तुम्हारे इंगितों पर, गन्ध भर देगा चमन में,
या कोई चँदा धरा का, रूप का मारा, बेचारा
कल्पना के तार से, नक्षत्र जड़ देगा गगन में,
तब किसी आशीष का आँचल, मचल कर पूछ लेगा....
''यह नयन-विनिमय अगर है
प्यार, तो व्यापार क्या है?''

कल तुम्हारे गन्धवाही-केश, जब उड़कर किसी की
आँख को, उल्लास का आकाश कर देंगे कहीं पर, और
सांसों के मलयवाही झकोरे, मुझ सरीखे
नव-विटप को, सावनी-वातास कर देंगे वहीं पर,

क़ोणी वेडा मज म्हणते

तब यही बिछुए, महावर, चूड़ियाँ, गजरे कहेंगे....
''इस अमर-सौभाग्य के
श्रृँगार का आधार क्या है?''

कल कोई दिनकर, विजय का सेहरा सिर पर सजाये
जब तुम्हारी सप्तवर्णी-छाँह में सोने चलेगा,
या कोई हारा-थका, व्याकुल सिपाही जब तुम्हारे
वक्ष पर धर शीष, लेकर हिचकियाँ रोने चलेगा,
तब किसी तन पर कसी दो बांह जुड़कर पूछ लेंगी...
''इस प्रणय जीवन-समर में
जीत क्या है? हार क्या है?''

माँग की सिंदूर-रेखा, तुमसे यह पूछेगी कल...
''यूँ मुझे सर पर सजाने का तुम्हें अधिकार क्या है?''

चाँद ने कहा है

चांद ने कहा है, एक बार फिर चकोर से,
'इस जनम में भी जलोगे तुम ही मेरी ओर से'
हर जनम का अपना चाँद है, चकोर है अलग,
हर जनम के आँसुओं की, अपनी कोर है अलग।
यूँ जनम-जनम का एक ही मछेरा है मगर,
हर जनम की मछलियाँ अलग हैं, डोर है अलग।
डोर ने कहा है मछलियों की पोर-पोर से,
'इस जनम में भी बिंधोगी तुम ही मेरी ओर से'
चाँद ने कहा है एक बार फिर चकोर से,
'इस जनम में भी जलोगे तुम ही मेरी ओर से'

है अनन्त सर्ग और यह कथा विचित्र है,
पंक से जनम लिया है पर कमल पवित्र है।
यूँ जनम-जनम का एक ही वो चित्रकार है,
हर जनम की तूलिका अलग, अलग ही चित्र है।
ये कहा है तूलिका ने, चित्र के चरित्र से,
'इस जनम में भी सजोगे तुम ही मेरी कोर से'

क्रोणी वेडा मज म्हणते

चाँद ने कहा है एक बार फिर चकोर से,
'इस जनम में भी जलोगे तुम ही मेरी ओर से'
हर जनम के फूल हैं अलग, हैं तितलियाँ अलग,
हर जनम की शोखियाँ अलग, हैं सुर्खियाँ अलग
ध्वँस और सृजन का एक राग है अमर, मगर,
हर जनम का आशियां अलग, है बिजलियां अलग।
नीड़ से कहा है, बिजलियों ने जोर शोर से,
'इस जनम में भी मिटोगे तुम ही मेरी ओर से'
चांद ने कहा है एक बार फिर चकोर से,
'इस जनम में भी जलोगें तुम ही मेरी ओर से'

मधुयामिनी

क्या अजब रात थी, क्या ग़ज़ब रात थी
दँश सहते रहे, मुस्कुराते रहे
देह की उर्मियाँ बन गयीं भागवत्
हम समर्पण भरे अर्थ पाते रहे

मन में अपराध की, एक शंका लिये
कुछ क्रियाएँ हमें, जब हवन-सी लगीं,
एक-दूजे की साँसों में घुलती हुई
बोलियाँ भी हमें, जब भजन-सी लगीं
कोई भी बात हमने न की रात-भर
प्यार की धुन कोई गुनगुनाते रहे
देह की उर्मियाँ बन गयीं भागवत्
हम समर्पण भरे अर्थ पाते रहे

पूर्णिमा की अनघ चाँदनी सा बदन
मेरे आगोश में यूँ पिघलता रहा
चूड़ियों से भरे हाथ लिपटे रहे
सुर्ख होंठों से झरना-सा झरता रहा

क्रोणी वेडा मज म्हणते

इक नशा-सा अजब छा गया था कि हम
खुद को खोते रहे तुम को पाते रहे
देह की उर्मियाँ बन गयीं भागवत्
हम समर्पण भरे अर्थ पाते रहे

आहटों से बहुत दूर पीपल तले
वेग के व्याकरण, पायलों ने गढ़े
साम-गीतों के आरोह-अवरोह में
मौन की चुम्बनी-सूक्त हमने पढ़े

सौंप कर उन अँधेरों को सब प्रश्न हम
इक अनोखी दिवाली मनाते रहे
देह की उर्मियाँ बन गयीं भागवत्
हम समर्पण भरे अर्थ पाते रहे।

ये वही पुरानी राहें हैं

चेहरे पर चंचल लट उलझी, आँखों में सपन सुहाने हैं
ये वही पुरानी राहें हैं, ये दिन भी वही पुराने हैं

कुछ तुम भूली, कुछ मैं भूला, मंजिल फिर से आसान हुई
हम मिले अचानक जैसे फिर, पहली-पहली पहचान हुई
आँखों ने पुनः पढ़ीं आँखें, ना शिकवे हैं ना ताने हैं
चेहरे पर चंचल लट उलझीं, आँखों में सपन सुहाने हैं

तुमने शाने पर सर रखकर, जब देखा फिर से एक बार
जुड़ गया पुरानी वीणा का, जो टूट गया था एक तार
फिर वही साज धड़कन वाला, फिर वही मिलन के गाने हैं
चेहरे पर चंचल लट उलझीं, आँखों में सपन सुहाने हैं

आओ, हम दोनों की साँसों का, एक वही आधार रहे
सपने, उम्मीदें, प्यास मिटे, बस प्यार रहे, बस प्यार रहे
बस प्यार अमर है दुनिया में, सब रिश्ते आने-जाने हैं
चेहरे पर चंचल लट उलझीं, आँखों में सपन सुहाने हैं

क़ोणी वेडा मज म्हणते

लड़कियाँ

पल भर में जीवन महकायें
पल भर में संसार जलायें
कभी धूप हैं, कभी छाँव हैं
बर्फ़ कभी अँगार
लड़कियाँ जैसे पहला प्यार....

बचपन के जाते ही इनकी
गँध बसे तन-मन में
एक कहानी लिख जाती हैं
ये सबके जीवन में
बचपन की ये विदा-निशानी
यौवन का उपहार
लड़कियाँ जैसे पहला प्यार...
इनके निर्णय बड़े अजब हैं
बड़ी अजब हैं बातें
दिन की क़ीमत पर,
गिरवी रख लेती हैं ये रातें
हंसते-गाते कर जाती हैं
आँसू का व्यापार
लड़कियाँ जैसे पहला प्यार...

जाने कैसे, कब कर बैठें
जान-बूझकर भूलें
किसे प्यास से व्याकुल कर दें
किसे अधर से छू लें
किसका जीवन मरुथल कर दें
किसका मस्त बहार
लड़कियाँ जैसे पहला प्यार

इसकी ख़ातिर भूखी-प्यासी
दहें रात भर जागें
उसकी पूजा को ठुकरायें
छाया से भी भागें
इसके सम्मुख छुई-मुई हैं
उसको हैं तलवार
लड़कियाँ जैसे पहला प्यार

राजा के सपने मन में हैं
और फ़कीरों सँग हैं
जीवन औरों के हाथों में
खिंची लकीरों सँग हैं
सपनों-सी जगमग-जगमग हैं
क़िस्मत-सी लाचार
लड़कियाँ जैसे पहला प्यार

होली

आज होलिका के अवसर पर, जागे भाग गुलाल के
जिसने मृदु-चुम्बन ले डाले, हर गोरी के गाल के

आज रँगों तन-मन अन्तरपट, आज रँगो धरती सारी
सागर का जल लेकर रँग दो, कश्मीर-केसर-क्यारी
आज न हों मजहब के झगड़े, हो न विवादित गुरुवाणी
आज वही स्वर गूँजे जिसमें, रंग भरा हो रसख़ानी
रँग नहीं उपहार जानिये, ऋतुपति की ससुराल के
आज होलिका के अवसर पर, जागे भाग गुलाल के
जिसने मृदु-चुम्बन ले डाले, हर गोरी के गाल के

आज स्वर्ग से इन्द्रदेव ने, रँग बिखेरा है इतना
गीता में श्रद्धा जितनी और, प्यार तिरँगे से जितना
इसी रँग को मन में धारे, फाँसी चढ़ कोई बोला
देश-धर्म पर मर मिटने को, रँगो बसन्ती फिर चोला
आशा का स्वर्णिम-रँग डालो, काले तन पर काल के
आज होलिका के अवसर पर, जागे भाग गुलाल के
जिसने मृदु-चुम्बन ले डाले, हर गोरी के गाल के।

कृष्ण मिले राधा से ज्यों ही, रँग उड़ाती अलियों में
समय स्वयं भी ठहर गया तब, गोकुल वाली गलियों में
वस्त्रों की सीमायें टूटीं , हाथों को आकाश मिला
गोरे तन को श्यामल तन से, इक मादक विश्वास मिला
हर गँगा-जमुना से लिपटे, लम्बे वृक्ष तमाल के
आज होलिका के अवसर पर, जागे भाग गुलाल के
जिसने मृदु-चुम्बन ले डाले, हर गोरी के गाल के

क़ोणी वेडा मज म्हणते

ओ मेरे पहले प्यार!

ओ प्रीत भरे, संगीत भरे!
ओ मेरे पहले प्यार!
मुझे तू याद न आया कर।
ओ शक्ति भरे, अनुरक्ति भरे!
नस-नस के पहले ज्वार!
मुझे तू याद न आया कर।

पावस की प्रथम फुहारों से
जिसने मुझको कुछ बोल दिये
मेरे आँसू, मुस्कानों की
क़ीमत पर जिसने तोल दिये
जिसने अहसास दिया मुझको
मैं अम्बर तक उठ सकता हूँ
जिसने खुद को बाँधा लेकिन
मेरे सब बंधन खोल दिये।

ओ अनजाने आकर्षण से!
ओ पावन मधुर समर्पण से!

मेरे गीतों के सार!
मुझे तू याद न आया कर।
ओ मेरे पहले प्यार!
मुझे तू याद न आया कर।

मुझको ये पता चला मधुरे!
तू भी पागल बन रोती है
जो पीर मेरे अन्तर में है
तेरे मन में भी होती है
लेकिन इन बातों से किंचित भी
अपना धैर्य नहीं खोना
मेर मन की सीपी में अब तक
तेरे मन की मोती है

ओ सहज सरल पलकों वाले!
ओ कुँचित धन अलकों वाले।
हंसते-गाते स्वीकार!
मुझे तू याद न आया कर।
ओ मेरे पहले प्यार!
मुझे तू याद न आया कर।

क्रोणी वेडा मज म्हणते

कुछ पल बाद बिछुड़ जाओगे

कुछ पल बाद बिछुड़ जाओगे मीत मेरे!
किन्तु तुम्हारे साथ रहेंगे गीत मेरे

तुम परिभाषाओं से आगे का, आधार बनाते चलना
तुम साहस से सपनों का, सुन्दर संसार बनाते चलना
जीवन की सारी कटुता को, केवल प्यार बनाते चलना
तुम जीवन को, गंगाजल की पावन-धार बनाते चलना
स्वयं उदाहरण बन जाना मनमीत मेरे
किन्तु तुम्हारे साथ रहेंगे गीत मेरे!

वो जो पल, संग-संग गुजरे थे, वो सब पल, मधुमास हो गए
हँसने, खिलने, मिलने के सब, घटनाक्रम इतिहास हो गए
जीवन भर सालेगी अब जो, ऐसी मीठी-प्यास हो गए
हमसे इतने दूर हो गए, किसके इतने पास हो गए
तुम बिन सपने हैं सारे भयभीत मेरे
किन्तु तुम्हारे साथ रहेंगे गीत मेरे!

क़ोणी वेडा मज म्हणते

तुम गये

तुम गये तुम्हारे साथ गया,
अल्हड़-अन्तर का भोलापन।
कच्चे-सपनों की नींद और,
आँखों का सहज सलोनापन।
तुम गये तुम्हारे साथ गया....

जीवन की कोरों से दहकीं
यौवन की अग्नि-शिखाओं में,
तुम अगन रहे, मैं मगन रहा,
घर-बाहर की बाधाओं में
जो रूप-रूप भटकी होगी,
वह पावन-आस तुम्हारी थी।
जो बूँद-बूँद तरसी होगी,
वह आदिम-प्यास तुम्हारी थी।
तुम तो मेरी सारी प्यासें
पनघट तक लाकर लौट गये,
अब निपट-अकेलेपन पर हंस देता
निर्मम-जल का दर्पण।
तुम गये तुम्हारे साथ गया...

क़ोणी वेडा मज म्हणते

यश-वैभव के ये ठाठ-बाट,
अब सभी झमेले लगते हैं
पथ कितना भी हो भीड़ भरा
दो पाँव अकेले लगते हैं
हल करते-करते उलझ गया,
भोली सी एक पहेली को,
चुपचाप देखता रहता हूँ,
सोने से मँढी हथेली को।
जितना रोता तुम छोड़ गये,
उससे ज्यादा हँसता हूँ अब
पर इन्हीं ठहाकों की गूँजों में
बज उठता है खालीपन।

तुम गये तुम्हारे साथ गया,
अल्हड़-अन्तर का भोलापन।
कच्चे-सपनों की नींद और,
आँखों का सहज सलोनापन।
तुम गये तुम्हारे साथ गया...

तुम बिन

तुम बिन कितने आज अकेले,
क्या हम तुमको बतलायें?
अम्बर में है चाँद अकेला,
तारे उसके साथ तो हैं,
तारे भी छुप जाँए अगर तो,
साथ अँधेरी रात तो है,
पर हम तो दिन-रात अकेले
क्या हम तुमको बतलायें?

जिन राहों पर हम-तुम संग थे,
वो राहें ये पूछ रही हैं
कितनी तन्हा बीत चुकी हैं,
कितनी तन्हा और रही है
दिल दो हैं, जज्बात अकेले,
क्या हम तुमको बतलायें?

वो लम्हें क्या याद हैं तुमकों
जिनमें तुम-हम हमजोली थे,
महका-महका घर आँगन था
रात दिवाली, दिन होली थी
अब हैं, सब त्यौहार अकेले,
क्या हम तुमको बतलायें?

क़ोणी वेडा मज म्हणते

कितने दिन बीत गए

कितने दिन बीत गए,
देह-की नदी में
नहाए हुए
सपने की फिसलन के डर जैसा,
दीप बुझी देहरी के घर जैसा,
जलती लौ नेह चुके दीपक सा,
दिन डूबी वंशी के स्वर जैसा,

कितने सुर रीत गए,
अन्तर का गीत कोई
गाए हुए
कितने दिन बीत गए।
कुछ ऐसा पाना जो जग छूटे,
मंथन वो जिससे झरना फूटे,
बिन बाँधे बँधने का वो कौशल,
जो बाँधे तो हर बँधन टूटे,
कितने सुख जीत गए,
पोर-पोर पीड़ा
कमाए हुए
कितने दिन बीत गए।

पँछी ने खोल दिए पर

पँछी ने खोल दिए पर
अब चाहे लीले अम्बर...

कितने तूफ़ानों की सँजीवनी सिमटी है
इन छोटे-छोटे दो पँखों की आड़ में
चन्दा की आँखों में सूरज के सपने हैं
मनवा का हिरना ज्यों क़िस्मत की बाड़ में
मारग में सिरजा है घर
अब चाहे लील अम्बर...

प्रहरों अन्धे तम का अनाचार सहकर जब
कलरव जागा तो सब भ्रम-भय भी भाग गया
जब निर्वाणी-तिथि निश्चित है उषा में तो
अरुण-शिखा का विस्मृत-पौरूष भी जाग गया
मुक्त हुआ अन्तर से डर
अब चाहे लीले अम्बर...

क्रोणी वेडा मज म्हणते

फिर बसंत आना है

तुफानी लहरे हो,
अम्बर के पहरे हों,
पुरुवा के दामन पर दाग बहुत गहरे हों,
सागर के माँझी। मत मन को तू हारना,
जीवन के क्रम में जो खोया है पाना है
पतझर का मतलब है
फिर बसन्त आना है।

राजवंश रूठे तो!
राजमुकुट टूटे तो!
सीतापति राघव से राजमहल छूटे तो
आशा मत हार,
पर सागर के एक बार,
पत्थर में प्राण फूँक सेतु फिर बनाना है
अँधियारे के आगे, दीप फिर जलाना है।
पतझर का मतलब है
फिर बसन्त आना है।

घर-भर चाहे छोड़े,
सूरज भी मुँह मोड़े!
विदुर रहें मौन, छिनें राज्य, स्वर्ण रथ, घोड़े
माँ का बस प्यार, सार गीता का साथ रहे,
पंचतत्व सौ पर हैं भारी बतलाना है।
जीवन का राजसूय यज्ञ फिर कराना है।
पतझर का मतलब है
फिर बसन्त आना है।

क़ोणी वेडा मज म्हणते

इतनी रंग–बिरंगी दुनियाँ

इतनी रंग-बिरंगी दुनियाँ, दो आँखों में कैसे आये,
हमसे पूछों इतने अनुभव, एक कंठ से कैसे गाये।

ऐसे उजले लोग मिले जो, अंदर से बेहद काले थे,
ऐसे चतुर मिले जो, मन से सहज-सरल भोले-भाले थे।
ऐसे धनी मिले जो, कँगालों से भी ज्यादा रीते थे,
ऐसे मिले फकीर, जो सोने के घट में पानी पीते थे।
मिले परायेपन से अपने, अपनेपन से मिले पराये,
हमसे पूछो इतने अनुभव, एक कंठ कैसे गाये।
इतनी रंग-बिरंगी दुनियाँ, दो आँखों में कैसे आये,

जिनको जगत-विजेता समझा, मन के द्वारे हारे निकले,
जो हारे-हारे लगते थे, अंदर से ध्रुव-तारे निकले,
जिनको पतवारे सौंपी थी, वे भँवरों के सूदखोर थे,
जिनको भंवर समझ डरता था, आखिर वही किनारे निकले।
वे मंजिल तक क्या पहुँचेगें, जिनको खुद रस्ता भटकाये।
हमसे पूछो इतने अनुभव, एक कंठ से कैसे गायें।
इतनी रंग-बिरंगी दुनियाँ, दो आँखों में कैसे आये।

सूरज पर प्रतिबन्ध अनेकों

सूरज पर प्रतिबन्ध अनेकों, और भरोसा रातों पर
नयन हमारे सीख रहे हैं, हँसना झूठी बातों पर

हमने जीवन की चौसर पर
दाँव लगाए आँसू वाले
कुछ लोगों ने हर पल, हर छिन
मौक़े देखे बदले पाले
हर शंकित सच पर अपने, वे मुग्ध स्वयं की घातों पर
नयन हमारे सीख रहे हैं, हँसना झूठी बातों पर

हम तक आकर लौट गयी हैं
मौसम की बेशर्म-कृपाएँ
हमने सेहरे के सँग बाँधी
अपनी सब मासूम ख़ताएँ
हमने कभी न रखा स्वयं को, अवसर के अनुपातों पर
नयन हमारे सीख रहे हैं, हँसना झूठी बातों पर

क़ोणी वेडा मज म्हणते

पिता की याद

फ़िर पुराने नीम के नीचे खड़ा हूँ
फ़िर पिता की याद आयी है मुझे

नीम-सी यादें ह्रदय में चुप समेटे
चारपाई डाल, आँगन बीच लेटे
सोचते हैं हित, सदा उनके घरों का
दूर हैं जो एक बेटी, चार बेटे

फ़िर कोई रखहाथ काँधे पर
कहीं यह पूछता है
''क्यूँ अकेला हूँ भरी इस भीड़ में''
मैं रो पड़ा हूं

फ़िर पिता की याद आयी है मुझे
फ़िर पुराने नीम के नीचे खड़ा हूँ

पीर का संदेशा आया

पीर का संदेशा आया आँसू के गीत लिखो री।
गातीं को दे मधुरिम स्वर अधरों से प्रीत लिखो री।

हर पल की आँधी को, आँचल में बाँधे हो
आँसू की धारा को, पलकों में साधे हो
मुख पर पीलापन हो, तन का उजड़ा वन हो
सँध्या की बेला में, उन्मन-उन्मन मन हो
पीड़ा पहुँचाए जो, औषधि पीड़ा हर री!
तब भी मत आना तुम, ड्योढ़ी से बाहर री।
रच लेना शब्द चार
आँसू रो-रोकर तुम संयम की रीत लिखो री!
पीर का संदेशा आया आंसू के गीत लिखो री।

जब भी वो अलबेला, गुज़रे गलियारे से
दो चंचल से नयना, रोकें मतवारे से
तो अलबेला प्रीतम खींचे जो बाँहों में
[illegible]

५० क़ोणी वेडा मज म्हणते

वो पल ना छिन जाये, गोरी शरमाना मत
उस पल को जीने में, बिल्कुल घबराना मत
जीकर उस पल को
तुम पूरी मर्यादा से यौवन की प्रीत लिखो री।
पीर का संदेशा आया आंसू के गीत लिखो री।

मैं तुम्हें अधिकार दूँगा

मैं तुम्हें अधिकार दूँगा
एक अनसूँघे सुमन की गन्ध-सा
मैं अपरिमित प्यार दूंगा

सत्य मेरे जानने का,
गीत अपने मानने का
कुछ सजल भ्रम पालने का
मैं सबल आधार दूँगा
मैं तुम्हें अधिकार दूँगा

ईश को देती चुनौती,
वारती शत स्वर्ण-मोती
अर्चना की शुभ्र ज्योति
मैं तुम्हीं पर वार दूँगा
मैं तुम्हें अधिकार दूँगा

तुम कि ज्यों भागीरथी जल,
सार जीवन का कोई पल
क्षीर-सागर का कमल दल
क्या अनघ उपहार दूँगा
मैं तुम्हें अधिकार दूँगा।

मुझको जीना होगा

सम्बन्धों को, अनुबन्धों को परिभाषाएँ देनी होंगी
होठों के संग-संग नयनों को कुछ भाषाएँ देनी होंगी

हर विवश आँख के आँसू को
यूँ ही हँस-हँस पीना होगा
मैं कवि हूँ, जब तक पीड़ा है
तब तक मुझको जीना होगा

मनमोहन के आकर्षण में भूली-भटकी राधाओं की
हर अभिशापित वैदेही को पथ में मिलती बाधाओं की
दे प्राण, देह का मोह छुड़ाने वाली, हाड़ा रानी की
मीराओं की आँखों से झरते गंगा-जल से पानी की
मुझको ही कथा सँजोनी है, मुझको ही व्यथा पिरोनी है

स्मृतियाँ घाव भले ही दें,
मुझको उनको सीना होगा
मैं कवि हूँ जब तक पीड़ा है
तब तक मुझको जीना होगा

जो सूरज को पिघलाती हैं, व्याकुल उन साँसों को देखूँ
या सतरंगी परिधानों पर, मिटती इन प्यासों को देखूँ
देखूँ आँसू की कीमत पर, मुस्कानों के सौदे होते
या फूलों के हित, औरों के पथ में देखूँ काँटे बोते
इन द्रौपदियों के चीरों से, हर क्रौंच-वधिक के तीरों से
सारा जग बच जायेगा पर
छलनी मेरा सीना होगा
मैं कवि हूँ जब तक पीड़ा है
तब तक मुझको जीना होगा

कलरव ने सूनापन सौंपा, मुझको अभाव से भाव मिले
पीड़ाओं से मुस्कान मिली, हँसते फूलों से घाव मिले
सरिताओं की मन्थर-गति में, मैंने आशा का गीत सुना
शैलों पर झरते मेघों में, मैने जीवन-संगीत सुना
पीड़ा की इस मधुशाला में, आँसू की खारी-हाला में
तन-मन जो आज डुबो देगा
वह ही युग का मीना होगा
मैं कवि हूँ जब तक पीड़ा है
तब तक मुझको जीना होगा।

क़ोणी वेडा मज म्हणते

तन–मन महका

तन–मन महका, जीवन महका
महक उठे घर–द्वारे
जब–जब सजना,
मोरे अँगना, आये साँझ–सकारे...

खिली रूप की धूप
चटक गयी कलियाँ, धरती डोली
मस्त पवन से लिपट के पुरवा, हौले–होले बोली
"छीन के मेरी, लाज की चुनरी, टाँके नए सितारे"
जब–जब सजना,
मोरे अँगना, आये साँझ–सकारे....

सजना के अँगना तक पहुँचे
बातें जब कँगना की
धरती तरसे, बादर बरसे, मिटे प्यास मधुबन की
होंठों की चोटों से जागे, तन के सुप्त नगारे।
जब–जब सजना,
मोरे अँगना, आये साँझ–सकारे....

नदिया का सागर से मिलने
धीरे–धीरे बढ़ना
पर्वत के आखर घाटी, वाली आँखों से पढ़ना
सागर सी बाँहों में आकर, टूटे सभी किनारे
जब–जब सजना
मोरे अँगना आये साँझ–सकारे...

प्यार माँग लेना

यदि स्नेह जाग जाए, अधिकार माँग लेना
मन को उचित लगे तो, तुम प्यार माँग लेना

दो पल मिले हैं तुमको, यूँ ही न बीत जाएँ
कुछ यूँ करो कि धड़कन, आँसू के गीत गाएँ
जो मन को हार देगा, उसकी ही जीत होगी
अक्षर बनेंगे गीता, हर लय में प्रीत होगी
बहुमूल्य है व्यथा का, उपहार माँग लेना
यदि स्नेह जाग जाए, अधिकार माँग लेना

जीवन का वस्त्र बुनना, सुख-दुःख के तार लेकर
कुछ शूल और हँसते, कुछ हरसिंगार लेकर
दुःख की नदी बड़ी है, हिमत न हार जाना
आशा की नाव पर चढ़, हँसकर ही पार जाना
तुम भी किसी से स्वप्निल, संसार माँग लेना
यदि स्नेह जाग जाए, अधिकार माँग लेना।

क्रोणी वेडा मज म्हणते

आना तुम

आना तुम!
आना तुम मेरे घर
अधरों पर हास लिए
तन, मन की धरती पर
झर-झर-झर-झर-झरना
साँसों में, प्रश्नों का, आकुल आकाश लिए

तुमको पथ में कुछ मर्यादाएँ रोकेंगी
जानी-अनजानी सी बाधाएँ रोकेंगी
लेकिन तुम चंदन-सी, सुरभित कस्तूरी-सी
पावस की रिमझिम-सी, मादक मजबूरी-सी

सारी बाधाएँ तज, बल खाती नदिया बन
मेरे तट आना इक
भीगा उल्लास लिए
आना तुम मेरे घर
अधरों पर हास लिए

जब तुम आओगी तो, घर आँगन नाचेगा
अनुबन्धित तन होगा, लेकिन मन नाचेगा
माँ के आशीषों-सी, भाभी की बिंदिया-सी
बापू के चरणों-सी, बहिना की निंदिया सी
कोमल-कोमल, श्यामल-श्यामल, अरुणिम-अरुणि
िम
पायल की ध्वनियों में
गुँजित मधुमास लिए
आना तुम मेरे घर
अधरों पर हास लिए

आज तुम मिल गए

आज हल हो गए प्रश्न मेरे सभी
अब अन्धेरों में दीपक जलेंगे प्रिये!
आज तुम मिल गए तो जहाँ मिल गया
अब सितारों से आगे चलेंगे प्रिये।

आज तक रोज़ चलता रहा, ज़िंदगी
का सफ़र, पर मेरे पाँव चल ना सके
आज तक थे तराने हृदय में बहुत
गीत बन कंठ में किंतु ढल ना सके
आज तुम पास हो, हैं किनारे बहुत
गीत में भाव से हम ढलेंगे प्रिये!

आज अहसास की बाँसुरी पर मुझे
तुम मिलन-गीत कोई सुनाओ ज़रा
ये अम-कालिमा धुल सकेगी शुभे!
पास आकर मेरे मुस्कुराओ ज़रा
प्रेम के ताप सेमौन के हिम-शिख़र
देखना शीघ्र ही अब गलेंगे प्रिये!

क़ोणी वेडा मज म्हणते

देहरी पर ध्रा दीप

देहरी पर धरा दीप कहता है अब
एक आहट को घर साथ ले आइये
मन-शिवाले में जो गूँजती ही रहे
गुनगुनाहट को घर साथ ले आइये

कोई हो जो बुहारे मेरा द्वार भी
कोई आँगन की तुलसी को पानी तो दे
शर्ट को टाँक कर सारे टूटे बटन
साँस को मेहँदियों की निशानी तो दे
बस-यही, बस-यही, बस-यही, बस-यही
इस 'त्रिया-हठ'' को घर साथ ले आइये

कोई रोके मुझे, कोई टोके मुझे
ताकि रातों में खुद को मिटा ना सकूँ
कोई हो, जिसकी आँखों के आगे कभी
कुछ कहीं भी, किसी से छुपा ना सकूँ
श्रान्ति दे क्लान्ति को, जो नयन-नीर से
उस नदी-तट को घर साथ ले आइये।

तुमने जाने क्या पिला दिया

कैसे भूलूँ वह एक रात, तन हरसिंगार मन-पारिजात,
छुअनें, सिहरन, पुलकन, कम्पन,
अधरों से अन्तर हिला दिया,
तुमने जाने क्या पिला दिया।
तन की सारी खिड़कियाँ खोलकर मन आया अगवानी में,
चेतना और संयम भटके, मन की भोली नादानी में,
थीं तेज धार, लहरे अपार, भँवरे थी कठिन मगर फिर भी,
डरते-डरते मैं उतर गया, नदिया के गहरे पानी में,
नदिया ने भी जोबन-जीवन,
जाकर सागर में मिला दिया,
तुमने जाने क्या पिला दिया।

जिन जख्मों की हो दवा सुलभ, उनके रिसते रहने से क्या,
जो बोझ बने जीवन-दर्शन, उसमें पिसते रहने से क्या।
हो सिंहद्वार पर अन्धकार, तो जगमग महल किसे दीखे
तन पर कोई जम जाये तो, मन को घिसते रहने से क्या।
मेरी भटकन पी गये स्वयं
मुझसे मुझको क्यों मिला दिया।
तुमने जाने क्या पिला दिया।

ये गीत तुझे कैसे दे दूँ

ये गीत तुझे कैसे दे दूँ
ये गीत ह्दय की प्यास सखे!
ये गीत मेरी परिभाषा हैं
ये गीत मेरा इतिहास सखे!

ये गीत मेरे मन की खुशबू
ये गीत तेरे तन का चन्दन
तू राधा-सी, मैं कान्हा-सा
ये गीत हैं जैसे वृन्दावन
जो एक दिवस पूरा होगा
ये गीत वही, विश्वास सखे!

ये गीत मेरी परिभाषा हैं
ये गीत मेरा इतिहास सखे!

ये गीत बसंती फागुन-से
ये गीत मचलते सावन-से

ये गीत ग्रीष्म-से, पतझर-से
हेमंत-शिशिर के आँगन-से
ये गीत विरह वर्षा ऋतु है
ये गीत मिलन, मधुमास सखे!
ये गीत मेरी परिभाषा हैं
ये गीत मेरा इतिहास सखे!
ये गीत बिकाऊ माल नहीं
ये गीत हृदय की निधियाँ हैं
ये गीत अधूरे सपने हैं
ये गीत पुरानी सुधियाँ हैं
ये गीत मेरी धरती मां हैं
ये गीत मेरा आकाश सखे!
ये गीत मेरी परिभाषा हैं
ये गीत मेरा इतिहास सखे!
ये गीत तुझे कैसे दे दूँ
ये गीत हृदय की प्यास सखे!
ये गीत मेरी परिभाषा हैं
ये गीत मेरा इतिहास सखे!

तुम बिना मैं

तुम बिना मैं स्वर्ग का भी सार लेकर क्या करूँ
शर्त का, अनुशासनों का प्यार लेकर क्या करूँ

जब नहीं थे तुम, तो जाने मैं कहाँ खोया हुआ था
स्वयं से अनजान, कैसी नींद में सोया हुआ था
नींद से मुझको जगाकर, तुमने तब अपना बनाया
दो दिलों की धड़कनों ने, एक सुर में गीत गाया
जो अमर उस राग की, मधु-लहरियों में खो गई थी
फिर वही अविरल, नयन जलधार लेकर क्या करूँ
शर्त का, अनुशासनों का प्यार लेकर क्या करूँ
तुम बिना मैं स्वर्ग का भी सार लेकर क्या करूँ
शर्त का, अनुशासनों का प्यार लेकर क्या करूँ

तालियों का शोर मत दो, ये सभी नग़मात ले लो
रोशनी में झिलमिलाती, मद भरी हर रात ले लो
छीन लो, मेरे अधर से, रूप के दोनों किनारे
पर मुझे फिर, नेह से छू लें नयन पावन तुम्हारे

क़ोणी वेडा मज म्हणते

मैं उन्हीं को दूर से बस देख कर गाता रहूँगा
अन्यथा स्वर का अमर–उपहार लेकर क्या करूँ
शर्त का, अनुशासनों का प्यार लेकर क्या करूँ
तुम बिना मैं स्वर्ग का भी सार लेकर क्या करूँ
शर्त का, अनुशासनों का प्यार लेकर क्या करूँ।

हार गया तन−मन

हार गया तन-मन पुकार कर तुम्हें
कितने एकाकी हैं प्यार कर तुम्हें

जिस पल हल्दी लेपी होगी तन पर माँ ने
जिस पल सखियों ने सौंपी होंगी सौगातें
ढोलक की थापों में, घुघरू की रुनझुन में
घुल कर फैली होंगीं घर में प्यारी बातें

उस पल मीठी-सी धुन
घर के आंगन में सुन
रोये मन-चौसर पर हार कर तुम्हें
कितने एकाकी हैं प्यार कर तुम्हें

कल तक जो हमको-तुमको मिलवा देती थीं
उन सखियों के प्रश्नों ने टोका तो होगा
साजन की अँजुरी पर, अँजुरी काँपी होगी
मेरी सुधियों ने रस्ता रोका तो होगा

क्रोणी वेडा मज म्हणते

उस पल सोचा मन में
आगे अब जीवन में
जी लेंगे हँसकर, बिसार कर तुम्हें
कितने एकाकी हैं प्यार कर तुम्हें
कल तक जिन गीतों को तुम अपना कहती थीं
अख़बारों में पढ़कर कैसा लगता होगा
सावन को रातों में, साजन की बाँहों में
तन तो सोता होगा पर मन जगता होगा

उस पल के जीने में
आँसू पी लेने में
मरते हैं, मन ही मन, मार कर तुम्हें
कितने एकाकी हैं प्यार कर तुम्हें

हार गया तन-मन पुकार कर तुम्हें
कितने एकाकी हैं प्यार कर तुम्हें

राई से दिन बीत रहे हैं

तुम आयीं चुप खोल साँकलें
मन के मूँदे किवार से
राई से दिन बीत रहे हैं
जो थे कभी पहाड़ से

तुमने धरा, धरा पर ज्यों ही पाँव
समर्पण जाग गया
बिंदिया के सूरज से मन पर घिरा
कुहासा भाग गया
इन अधरों की कलियों से जो फूटा
जग में फैल गया
इसी राग का अनुगामी होकर
मेरा अनुराग गया

तुम आयीं चुप फूल बटोरे
मन के हरसिंगार के
राई से दिन बीत रहे हैं
जो थे कभी पहाड़ से

क़ोणी वेडा मज म्हणते

तुम स्वयं को सजाती रहो

तुम स्वयं को सजाती रहो रात-दिन
रात-दिन मैं स्वयं को जलाता रहूँ
तुम मुझे देखकर, मुड़ के चलती रहो
मैं विरह में मधुर गीत गाता रहूँ

मैं ज़माने की ठोकर ही खाता रहूँ
तुम जमाने को ठोकर लगाती रहो
ज़िंदगी के कमल पर गिरूँ ओस-सा
रोष की धूप बन तुम सुखाती रहो

कँटकों की सजाती रहो राह तुम
मैं उसी राह पर रोज़ जाता रहूँ
तुम स्वयं को सजाती रहो रात-दिन
रात-दिन मैं स्वयं को जलाता रहूँ

मानता हूँ प्रिये तुम मुझे ना मिलीं
और व्याकुल विरह-भार मुझको दिया
लाख तोड़ा हृदय, शब्द-आघात से
पर अमर-गीत-उपहार मुझको दिया

तुम यूँ ही मुझको, पल-पल में तोड़ा करो
मैं बिखर कर तराने बनाता रहूँ
तुम स्वयं को सजाती रहो रात-दिन
रात-दिन मैं स्वयं को जलाता रहूँ

तुम जहां भी रहो खिलखिलाती रहो
मैं जहां भी रहूँ बस सिसकता रहूँ
तुम नयी मंजिलों की तरफ बढ़ चलो
मैं कदम-दो-कदम चल के थकता रहूँ

तुम संभलती रहो मैं बहकता रहूँ
दर्द की ही ग़ज़ल गुनगुनाता रहूँ
तुम स्वयं को सजाती रहो रात-दिन
रात-दिन मैं स्वयं को जलाता रहूँ।

क़ोणी वेडा मज म्हणते

कैसे ऋतु बीतेगी

कैसे ऋतु बीतेगी अपने अलगाव की
साँसों के पृष्ठों पर, आँसू के रंगों से
कैसे तस्वीरें बन पाएँगी चाव की।

मरुथल-सा प्यासा हर पल-सा बीता-बीता
कब तक हम भोगेंगे जीवन रीता-रीता
धरती के उत्सव में, चंदा में, तारों में
गीतों में, ग़जलों में, रागों में मल्हारों में
गूँजेगी कब तक धुन बिछुरन के भाव की
कैसे ऋतु बीतेगी अपने अलगाव की

कब फिर पनघट से पायल की धुन आएँगी
कब फिर साजन का संदेशा ऋतु लाएँगी
कैसे पतझर बीते, जीवन के सावन में
तन की सुर-सरिता में, मनवा के आँगन में
उतरेंगी किन्नरियाँ सपनों के गाँव की
कैसे ऋतु बीतेगी अपने अलगाव की

रात भर तो जलो

मैं तुम्हारे लिए, ज़िन्दगी भर दहा
तुम भी मेरे लिए रात भर तो जलो
मैं तुम्हारे लिए, उम्र भर तक चला
तुम भी मेरे लिए सात पग तो चलो

दीपकों की तरह रोज़ जब मैं जला
तब तुम्हारे भवन में दिवाली हुई
जगमगाता, तुम्हारे लिए रथ बना
किन्तु मेरी हर एक रात काली हुई

मैंने तुमको नयन-नीर सागर दिया
तुम भी मेरे लिए अँजुरी भर तो दो
मैं तुम्हारे लिए ज़िन्दगी भर दहा
तुम भी मेरे लिए रात भर तो जलो

जब भी मौसम ने बाँटी बहारें, तुम्हें
फूल सौंपे, मुझे शूल-शंकित किया

क़ोणी वेडा मज म्हणते

प्रीत की रीत की, लाँछना जब बँटी
तुम अलग हो गये, मैं ही पँकित किया

मैंने हर गीत गाया, तुम्हारे लिए
तुम भी मेरे लिए क्षीण-सा स्वर तो दो
मैं तुम्हारे लिए ज़िन्दगी भर दहा
तुम भी मेरे लिए रात भर तो जलो

कोई अल्हड़ हवा जब चली झूमती
मन को ऐसा लगा ज्यों तुम्हीं से मिला
जब भी तुम मिल गये, राह में मोड़ पर
मुझको मालूम हुआ, ज़िन्दगी से मिला

साथ आना न आना, ये तुम सोचना
किन्तु मेरे लिए वायदा कर तो दो
मैं तुम्हारे लिए ज़िन्दगी भर दहा
तुम भी मेरे लिए रात भर तो जलो।

स्मरण गीत

नेह के संदर्भ बौने हो गये होंगे मगर,
फिर भी तुम्हारे साथ मेरी भावनाएँ हैं,
शक्ति के संकल्प बोझिल हो गये होंगे मगर,
फिर भी तुम्हारे चरण मेरी कामनाएँ हैं।
हर तरफ है भीड़ ध्वनियाँ, और चेहरे हैं अनेकों,
तुम अकेले भी नहीं हो, मैं अकेला भी नहीं हूँ,
योजना चलकर सहस्त्रों मार्ग आँतकित किये पर
जिस जगह बिछुड़े अभी तक तुम वहीं हो मैं वही हूँ।
गीत के स्वर-नाद थक कर सो गये होंगें मगर
फिर भी तुम्हारे कंठ मेरी वेदनाएँ हैं। नेह के...
यह धरा कितनी बड़ी है, एक तुम क्या, एक मैं क्या,
दृष्टि का विस्तार है, यह अश्रु जो गिरने चला है,
राम से सीता अलग है, कृष्ण से राधा अलग हैं
नियति का हर न्याय सच्चा, हर कलेवर में कला है
वासना के प्रेत, पागल हो गए होंगे मगर
फिर भी तुम्हारे माथ मेरी वर्जनाएँ हैं। नेह के...
चल रहे हैं हम, पता क्या, कब, कहां कैसे मिलेंगें,

क्रोणी वेडा मज म्हणते

मार्ग का हर पग हमारी वास्तविकता बोलता है,
गति-नियति दोनों पता है, उस दिवाने के हृदय को
जो नयन में नीर लेकर, पीर गाता डोलता है।
मानसी मृग मरुथलों में, खो गये होगें मगर,
फिर भी तुम्हारे हाथ मेरी योजनाएँ हैं। नेह के...

जाड़ों की गुनगुनी धूप तुम

जाड़ों की गुनगुनी धूप तुम
तन के आलोचक रोमों को
कालिदास की उपमा जैसी
ऋतु-मुखरा की कटि पर बजतीं
किरणों की करघनी धूप तुम

सत्तो-फत्तो, रुमिया-धुमिया
होरी-गोबर, धनिया-झुनिया
सबके द्वारे खुद ही आती
सबसे मिलती, सबको भाती

हर दिशि-गोपी के संग रास
रचा लेतीं मधुबनी धूप तुम
जाड़ों की गुनगुनी धूप तुम

क़ोणी वेडा मज म्हणते

तन्द्रा का आसव बिखेरती
गत सुधियों का माल फेरतीं
पशुओं को अपनापन देतीं
चिड़ियों को व्यापक मन देतीं

दिन की तिक्त कुटिल अविरतता
में, रसाल-रस सनी धूप तुम
जाड़ों की गुनगुनी धूप तुम

क्रोणी वेडा मज म्हणते

बिन गाये भी
तुमको गाया

कोणी वेडा मज म्हणते

इक पगली लड़की के बिन

मावस की काली रातों में दिल का दरवाजा खुलता है
जब दर्द की प्याली रातों में गम आँसू के संग घुलता है
जब पिछवाड़े के कमरे में हम निपट अकेले होते हैं
जब घड़ियां टिक-टिक चलती हैं सब सोते हैं हम रोते हैं
जब बार-बार दोहराने से सारी यादें चुक जाती हैं
जब ऊंच-नीच समझाने में माथे की नस दुख जाती हैं
तब इक पगली लड़की के बिन जीना गद्दारी लगता है
पर उस पगली लड़की के बिन मरना भी भारी लगता है।

जब पोथे खाली होते हैं जब हर्फ़ सवाली होते हैं
जब ग़ज़लें रास नहीं आतीं अफ़साने गाली होते हैं
जब बासी-फ़ीकी धूप समेटे दिन जल्दी ढल जाता है
जब सूरज का लश्कर छत से गलियों में देर से आता है
जब जल्दी घर जाने की इच्छा मन ही मन घुट जाती है
जब दफ्तर से घर लाने वाली पहली बस छुट जाती है
जब बेमन से खाना खाने पर मां गुस्सा हो जाती है
जब लाख मना करने पर भी पारो पढ़ने आ जाती है
जब अपना मनचाहा हर काम कोई लाचारी लगता है

तब इक पगली लड़की के बिन जीना गद्दारी लगता है
पर उस पगली लड़के के बिन मरना भी भारी लगता है

जब कमरे में सन्नाटे की आवाज़ सुनाई देती है
जब दर्पण के चेहरे के नीचे झाँई दिखाई देती है
जब बड़की भाभी कहती है कुछ सेहत का भी ध्यान करो
क्या लिखते हो लल्ला दिन भर कुछ सपनों का सम्मान करो
जब बाबा वाली बैठक में कुछ रिश्ते वाले आते हैं
जब बाबा हमें बुलाते हैं हम जाते में घबराते हैं
जब साड़ी पहने लड़की का इक फोटो लाया जाता है
जब भाभी हमें मनाती है फोटो दिखलाया जाता है
जब सारे घर का समझाना हमको फ़नकारी लगता है
तब इक पागल लड़की के बिन जीना गद्दारी लगता है
पर उस पागल लड़की के बिन मरना भी भारी लगता है।

जब दूर-दराज इलाकों से खत लिखकर लोग बुलाते हैं
जब हमको ग़ज़लों-गीतों का वो राजकुमार बताते हैं
जब हम ट्रेनों से जाते हैं जब लोग हमें ले जाते हैं
जब हम महफिल की शान बने इक प्रीत का गीत सुनाते हैं
कुछ आंखे धीरज खोती है, कुछ आँखे चुप-चुप रोती हैं
कुछ आंखें हम पर टिकीं-टिकीं गागर सी खाली होती हैं

क्रोणी वेडा मज म्हणते

जब सपने आँजे हुए लड़कियाँ पता माँगने आती हैं
जब नर्म हथेली से कागज पर ऑटोग्राफ कराती हैं
जब ये सारा उल्लास हमें खुद से मक्कारी लगता है
तब इक पागल लड़की के बिन जीना गद्दारी लगता है
पर उस पागल लड़की के बिन मरना भी भारी लगता है।

दीदी कहती हैं 'उस पागल लड़की की कुछ औकात नहीं
उसके दिल में भैया तेरे जैसे प्यारे जज़्बात नहीं'
जो पगली लड़की मेरी खातिर नौ दिन भूखी रहती है
चुप-चुप सारे व्रत रखती है पर मुझसे कभी न कहती है
जो पगली लड़की कहती है 'मैं प्यार तुम्हीं से करती हूं'
लेकिन मैं हूँ मजबूर बहुत अम्मा-बाबा से डरती हूँ
उस पगली लड़की पर अपना कुछ भी अधिकार नहीं बाबा
ये कथा-कहानी-किस्से हैं कुछ भी तो सार नहीं बाबा
बस उस पगली लड़की के संग हँसना फुलवारी लगता है
तब इक पगली लड़की के बिन जीना गद्दारी लगता है
पर उस पगली लड़की के बिन मरना भी भारी लगता है।

क़िस्सा रूपारानी

रूपारानी बड़ी सयानी
मृगनैनी लौनी छवि वाली
मधुरिम-वचना भोली-भाली
भरी-भरी पर खाली-खाली
छोटे क़स्बे में रहती थी
जो गुनती थीं सो कहती थी
दिन-भर घर के बासन मलती
रातों में दर्पण को छलती
यों तो सब कुछ ठीक-ठाक था
फिर भी वे उदास ही रहती
उनकी काजल आँजीं आँखें
सूनेपन की बातें कहतीं
जगने-उठने में सोने में
कुछ हंसने में, कुछ रोने में

थोड़े-से दिन यूँ ही बीते
खाली-खाली रीते-रीते

क़ोणी वेडा मज म्हणते

तभी हमारे प्यारे कवि जी
तीन लोक से न्यारे कवि जी
उनके सपनों में आ छाये
उनको बहुत-बहुत ही भाये
यूँ तो लोगों की नजरों में
कवि जी कस्बे का कबाड़ थे
लेकिन उनके ऊपर-नीचे
कुछ सच्चे-झूठे जुगाड़ थे।
रोकर, हँसकर जी लते थे
जग लेते थे, सो लेते थे
कभी-कभी अख़बारों में भी
उनका उगला छप जाता था
बरस दो बरस में टी.वी. पर
उनका चेहरा दिख जाता था
तब वे दुगने हो जाते थे
सबसे कहते बहुत व्यस्त हूँ
मरने तक की फुरसत कब है
भाग-दौड़ में बड़ा त्रस्त हूँ

खैर! एक दिन हुआ वही जो
हमने सोचा सबने सोचा

रूपारानी को वे भाये
उनको रूपारानी भायीं
जैसे गंगा-मैया इक दिन
ऋषिकेश से भू पर आयीं
धरती को आकाश मिल गया
पतझर को मधुमास मिल गया
पीड़ा ने निर्वासन पाया
आँसू को वनवास मिल गया
रूपारानी के अधरों पर
चन्दन वन महकाते कवि जी
कभी फैलते कभी सिमटते
देर रात घर आते कवि जी
सोते तो उनके सपनों में
रूपारानी जगती रहतीं
लाख छुपाते सबसे लेकिन
आँखें मन की बातें कहती

क्रोणी वेडा मज म्हणते

रूपारानी के मन में भी
पिघला लावा-सा बहता था
इन अनचाही पीड़ाओं को
तन-मन मोहित हो सहता था
लेकिन जैसे राम-कथा में
निर्वासन प्रसंग आ जाये
या फिर हंसते नील गगन में
श्यामल मेघों का दल छाये
उसी भांति इस प्रेम-कथा में
अपराधिन बन आयी कविता
होठों की स्मित-रेखा पर
धूम्र-रेख बन छायी कविता

जिस कविता की आविष्कृति से
डाकू विश्व-वन्द्य बन जायें
जिस कविता को रच कर तुलसी
लोकनायकों-सा पद पायें

जो कविता इस प्रेम-कथा का
पावनतम आधार बनी थी
वही आज कवि जी के सम्मुख
अपराधिन बन मौन खड़ी थी
उपमाएँ अनाथ बैठी थीं
वाह-वाह के स्वर झूठे थे
इस ससुरी कविता के कारण
प्रणय-देवता तक रूठे थे

रूपारानी के घरवाले
हमसे कहते सबसे कहते
यह आवारा काम-धाम कुछ
करता तो हम चुप हो सहते
माना कविता बड़ी चीज है
यह कविता सब कुछ देती है
माना कविता सम्मोहक है
मन लेती है मन देती है
लेकिन इस कविता से आगे
तनकर प्रश्न खड़ा है भइया
मन की फिर भी भूख सहन है
लेकिन पेट बड़ा है भइया।

क्रोणी वेडा मज म्हणते

आखिर इक दिन हुआ वही जो
पहले से होता आया है
हँसने वाला हँसने बैठा
रोया जो रोता आया है

किसी बैंक का बड़ी रैंक का
एक सुदर्शन दूल्हा आया
जैसे कोई बीमा वाला
गारन्टिड खुशियाँ घर लाया
शादी की इस धूम-धाम में
अपने कवि जी बहुत व्यस्त थे
भीड़-भाड़ में एकाकी थे
अन्दर-अन्दर बहुत त्रस्त थे
कवि जी ने रोती रूपा का
सिर अपने हाथों सहलाया
विदा हुई तो खुद ही उसको
दूल्हे जी के पास बिठाया
तब से कवि जी के अन्तस् में
पीड़ा जमकर रहती है जी

गीतों आकर रूपा की
अमर-कथा खुद कहती है जी

आप पूछते हैं यह किस्सा
कैसे, कब और कहां हुआ था
मुझको अब खुद याद नहीं है
इसने मुझको कहाँ छुआ था

शायद जब से वाल्मिकि ने
पहली कविता लिखी तभी से
या जब तुलसी रत्नावली के
द्वारे से लौटे थे तब से
आगे की घटनाएँ सब कुछ
मालूम हैं, पर याद नहीं हैं
यूं ही सुना दिया ये किस्सा
इसमें कुछ फरियाद नहीं है
संघर्षों की जलती लौ में
कवि जी को सदियों जीना है
विष को पचा गये हैं चूंकि
जीवन का अमृत पीना है

क्रोणी वेडा मज म्हणते

मर गया राजा, मर गयी रानी
खत्म हुई यूँ प्रेम-कहानी
बाकी किस्से फिर सुन लेना
आयेंगी अनगिनत शाम जी
अच्छा जी अब चलता हूं मैं
राम-राम जी, राम-राम जी –

मैं उसको भूल ही जाऊंगा

मां को देखा कि वो बेबस-सी परेशान सी है
अपने बेटे के छले जाने पे हैरान सी है
वो बड़ी दूर चली आयी है मुझसे मिलने
मेरी उम्मीद की झोली का फटा मुंह सिलने

उसकी आँखों में पिता मुझको दीख जाते हैं
कभी उद्धव तो कभी नंद नज़र आते हैं
वो निरी मां की तरह प्यार से दुलराती है

जिन्दगी कितनी अहम चीज है बतलाती है

उसको डर है कि उसका चांद-सा प्यारा बेटा
जिसके गीतों की चूनर ओढ़ के दुनिया नाचे
जिसके होठों की शरारत पे मुहब्बत है फ़िदा
जिसके शब्दों में सभी प्यार की गीता बाँचें

उसका वो राजकुँवर, ओस की बूँदों की तरह
दर्द की धूप में दुनिया से उड़ न जाये कहीं
शोहरत-ओ-प्यार की मंजिल की तरफ़ बढ़ता हुआ
शौक़ से मौत की राहों पे मुड़ न जाये कहीं

उसको लगता है मेरा नर्म-सा नाजुक-सा जिगर
दूरियाँ सह नहीं पाएगा बिख़र जायेगा
उसको मालूम नहीं आग में सीने की मेरी
मेरा शायर जो तपेगा तो निखर जायेगा

मुझको मालूम है दुनिया के लिए जीना है
इसलिए मां मेरी हैरान परेशान न हो
मेरी खुशियाँ तू मुझे दे न सकीं, इसके लिए
बेवजह खुद पे शर्मसार, पशेमान न हो

क़ोणी वेडा मज म्हणते

एक तू है, कि जिसे दर्द है दुनिया के लिए
एक वो है, कि जिसे खुद पे कोई शर्म नहीं
एक तू है, कि जिसे ममता है पत्थर तक से
एक वो पत्थरे-दिल, दिल में कोई मर्म नहीं

मैं उसको भूल ही जाऊँगा वायदा है मेरा
मैं उसकी हर बात जुबाँ पर न कभी लाऊँगा
मेरा हर जिक्र उसकी फ़िक्र से जुदा होगा
मैं उसका नाम किसी गीत में न गाऊँगा

मुझको मालमू है वादे की हक़ीक़त लेकिन
तेरा दिल रखने की खातिर ये वायदा ही सही
मुझको वो प्यार की दुनिया ना मिली ना ही सही
खुद को मैं पढ़ तो सका इतना फ़ायदा ही सही

मद्यँतिका (मेहँदी)

मैं जिस घर में रहता हूँ उसके पिछवाड़े

कुल चार साल की एक बालिका रहती है
जाने क्यों मेरी ही गर्दन से लिपट, झूल
वह मुझको सबसे प्यारा अंकल कहती है

है नाम कि जिसका मद्‌यन्तिका या कि मेहँदी
सुनता हूँ उसने अपने पिता नहीं देखे
उसकी जननी को त्याग कहीं बसते हैं वे
कितने कमज़ोर लिखे विधि ने उनके लेखे

धरती पर उसके आने की आहट सुनकर
बस दस दिन ही जननी उल्लास मना पायी
कुँठाओं की चौसर पर सिक्कों की बाज़ी
हारी, लेकर गर्भस्थ शिशु वापस आयी

अब एक नौकरी का बल और सम्बल उसका
बस ये ही दो आधार ज़िन्दगी जीने को
अमृतरूपा इक बेल सींचने की ख़ातिर
वह विवश समय का तीक्ष्ण-हलाहल पीने को

वह कभी खेलती रहती है अपने घर पर
या कभी-कभी मुझसे मिलने आ जाती है
मैं बच्चों के कुछ गीत सुनाता हूँ उसको

क्रोणी वेडा मज म्हणते

उल्लास भरी वह मेरे संग-संग गाती है

इतनी पावन, इतनी मोहक, इतनी सुन्दर
जैसे उमंग ही स्वयं देह धर आयी हो
या देवों ने भी नर की सर्जन-शक्ति देख
सम्मोहित हो यह अमर आरती गायी हो

वह जैसे नयी कली चटके उपवन महके
धरती की शैया पर किरणों की अँगड़ाई
वह जैसे दूर कहीं पर बाँसुरिया बाजे
वह जैसे मण्डप के द्वारे की शहनाई

वह जैसे उत्सव की शिशुता हो मूर्तिमंत
वह बचपन जैसे इंद्रधनुष के रंगों का
वह जिज्ञासा जैसे किशोर हिरनी की हो
वह नर्तन जैसे सागर बीच तरंगों का

वह जैसे तुलसी के मानस की चौपाई
मैथिल-कोकिल-विद्यापति कवि का एक छँद
वह भक्ति भरे जन्माँच सूर की एक तान

वह मीरा के पद से उठती अनघा सुगँध

वह मेघदूत की पीर, कथा रामायण की
उसके आगे लज्जित कवि-कुल गुरु का मनोज
वह वर्ड्सवर्थ की लूसी का भारतीय रूप
वह महाप्राण की जैसे जीवित हो सरोज

सारे सुर उसकी बोली के आगे फीके
सारी चंचलता आंखों के आगे हारी
सारा आकाश समेटे अपनी बाँहों में
सब शब्द मौन हो जाएँ वह इतनी प्यारी

जब-जब उसके आगत का करता हूँ विचार
मैं अन्दर तक आकुलता से भर जाता हूँ
सच कहता हूँ जितना जीवन जीता दिन भर
मैं रोज़ रात को उतना ही मर जाता हूँ

मैं सोच रहा हूँ जबकि समय की कुँठाएँ
कल ग्रँथ पुराने इसके सम्मुख बाँचेगीं
कल जबकि नपुँसक फिकरों वाली सच्चाई
इसकी आंखों के आगे नंगी नाचेंगीं

जब पता चलेगा कहीं किसी छत के नीचे
मेरा निर्माता पिता आज भी सोता है
इस टॉफ़ी, खेल-खिलौनों वाली दुनिया में
संबंधों का ऐसा मज़ाक भी होता है

जब पता चलेगा कैसे सिक्कों के कारण
मेरी मां को पीड़ा-गाली दुत्कार मिलीं
लुटकर-पिटकर समझौतों की हद पर आकर
पैरों की ठोकर ही उसको हर बार मिली

वह दिन न कभी आए भगवान करे लेकिन
वह दिन आएगा उसको आना ही होगा
यह भोलापन नासमझी मन में बनी रहे
लेकिन आँखों से इसको जाना ही होगा

तब हो सकता है पीर सहन न कर पाए
सारी मुस्कानें उड़ जाएँ और वह रो दे
जितनी स्वभाव की कोमलता संयोजित की
वह सारी प्रतिहिंसा के मेले में खो दे

जिन आँखों से अब तक उल्लास लुटाया था
उन आँखों से वह आग लगाने की सोचे
जिन होंठों से मुस्कान और बस गीत झरे
उन होंठों से विष-बाण चलाने की सोचे

तब भी क्या मैं कुछ नये खेल-करतब कौतुक
दिखलाकर इसको यूँ ही बहला पाऊँगा
तब भी क्या अपने सीने पर यूँ शीश टिका
आश्वस्ति भरे हाथों से सहला पाऊँगा

लेकिन मैं हूँ यायावर कवि मेरा क्या है
उस दिन मैं जाने कहाँ, कौन से लोक उड़ूँ
या गीतों-गजलों की अपनी गठरी समेट
मैं तब तक सुर के महालोक की ओर मुड़ूँ

क़ोणी वेडा मज म्हणते

मैं अत: तुम्हारी इस छोटी-सी मुट्ठी में
आशीष भरा यह गीत सौंप कर जाता हूँ
फूलों से रंग रंगे इन पावन अधरों को
बुधत्व भरा संगीत सौंप कर जाता हूँ

इस जीवन के सारे उल्लास तुम्हारे हों
सारे पतझर मेरे मधुमास तुम्हारे हों
आँसू की बरखा से धुलकर जो चमक उठें
ऐसे निरभ्र-निर्मल आकाश तुम्हारे हों

पीड़ा का क्या है पीड़ा तो सबने दी है
लेकिन मेहँदी! तुम केवल मुस्कानें देना
विद्वेष हलाहल पीकर अमृत छलकाना
शिव वाली परम्परा को पहचानें देना

आँखों के पानी से सारी कालिख धोकर
इस धरा-वधू की शुभ्र हथेली पर रचना
आकाश भरे इसकी अब मांग कभी, मेहँदी!
तब-रंग-गंध का बन प्रतीक तू ही बचना!!

है नमन उनको...

है नमन उनको कि जो यशकाय को अमरत्व देकर
इस जगत में शौर्य की जीवित कहानी हो गये हैं
है नमन उनको कि जिनके सामने बौना हिमालय
जो धरा पर गिर पड़े, पर आसमानी हो गये हैं

पिता, जिनके रक्त ने उज्जवल किया कुल-वंश-माथा
माँ, वही जो दूध से इस देश की रज तोल आई
बहन, जिसने सावनों में भर लिया पतझर स्वयं ही
हाथ ना उलझें कलाई से जो राखी खोल लाई
बेटियाँ जो लोरियों में भी प्रभाती सुन रहीं थीं
'पिता तुम पर गर्व है' चुपचाप जाकर बोल आई
प्रिया, जिसकी चूड़ियों में सितारे से टूटते हैं
माँग का सिंदूर देकर जो सितारे मोल लाई
हैं नमन उस देहरी को जहाँ तुम खेले कन्हैया
घर तुम्हारे, परम तप की राजधानी हो गये हैं
है नमन उनको कि जिनके सामने बौना हिमालय

क्रोणी वेडा मज म्हणते

जो धरा पर गिर पड़े, पर आसमानी हो गये हैं

हमने भेजे हैं सिकन्दर सिर झुकाये, मात खाये
हमसे भिड़ते हैं वे, जिनका मन, धरा से भर गया है
नर्क में तुम पूछना अपने बुजुर्गों से कभी भी
उनके माथे पर हमारी ठोकरों का ही बयाँ है
सिंह के दाँतों से गिनती सीखने वालों के आगे
शीश देने की कला में क्या अजब है क्या नया है
जूझना यमराज से आदत पुरानी है हमारी
उत्तरों की खोज में फिर एक नचिकेता गया है
है नमन उनको कि जिनकी अग्नि से हारा प्रभँजन
काल-कौतुक जिनके आगे पानी-पानी हो गये हैं
है नमन उनको कि जिनके सामने बौना हिमालय
जो धरा पर गिर पड़े, पर आसमानी हो गये हैं

लिख चुकी है विधि तुम्हारी वीरता के पुण्य-लेखे
विजय के उद्‌घोष! गीता के कथन्! तुमको नमन है
राखियों की प्रतीक्षा, सिन्दूरदानों की व्यथाओं
देशहित प्रतिबद्ध यौवन के सपन! तुमको नमन है
बहन के विश्वास भाई के सखा कुल के सहारे

पिता के व्रत के फलित! मां के नयन! तुमको नमन है
कँचनी-तन, चन्दनी-मन, आह, आँसू, प्यार, सपने,
राष्ट्र के हित कर चले सब कुछ हवन तुमको नमन है
है नमन उनको कि जिनको काल पाकर हुआ पावन
शिखर जिनके चरण छूकर और मानी हो गये हैं
है नमन उनको कि जिनके सामने बौना हिमालय
जो धरा पर गिर पड़े, पर आसमानी हो गये हैं।

ये रदीफ़फों क़ाफ़िया

मैं तो झोंका हूँ

मैं तो झोंका हूँ हवाओं का उड़ा ले जाऊँगा
जागती रहना तुझे तुझसे चुरा ले जाऊँगा

ख़ाक़ में मिल कर भी मैं खुशबू बचा ले जाऊँगा

कौन सी शै मुझको पहुंचाएगी तेरे शहर तक
ये पता तो तब चलेगा जब पता ले जाऊँगा

क़ोशिशें मुझको मिटाने की भले हों क़ामयाब
मिटते-मिटते भी मैं मिटने का मज़ा ले जाऊँगा

शोहरतें जिनकी वजह से दोस्त दुश्मन हो गये
सब यहीं रह जाएँगी मैं साथ क्या ले जाऊँगा।

हर सदा पैग़ाम

हर सदा पैग़ाम देती फिर रही दर-दर
चुप्पियों से भी बड़ा है चुप्पियों का डर

रोज़ मौसम की शरारत झेलता कब तक
मैंने खुद में रच लिए कुछ खुशनुमा मंज़र

वक़्त ने मुझ से कहा "कुछ चाहिए तो कह"
मैं ये बोला शुक्रिया मुझको मुआफ़ कर

मैं भी उस मुश्किल से गुज़रा हूँ जो तुझ पर है
राह निकलेगी कोई तू सामना तो कर

उनकी ख़ैरो-ख़बर

उनकी ख़ैरो-ख़बर नहीं मिलती
हमको ही ख़ासकर नहीं मिलती

शायरी को नज़र नहीं मिलती

क्रोणी वेडा मज म्हणते

मुझको तू ही अगर नहीं मिलती

रुह में, दिल में, जिस्म में दुनिया
ढूँढता हूँ मगर नहीं मिलती

लोग कहते हैं रूह बिकती है
मैं जिधर हूँ उधर नहीं मिलती

रंग दुनियाँ ने

रंग, दुनियाँ ने दिखाया है निराला देखूँ
है अँधेरे में उजाला तो उजाला, देखूँ

आईना रख दे मेरे सामने आखिर मैं भी

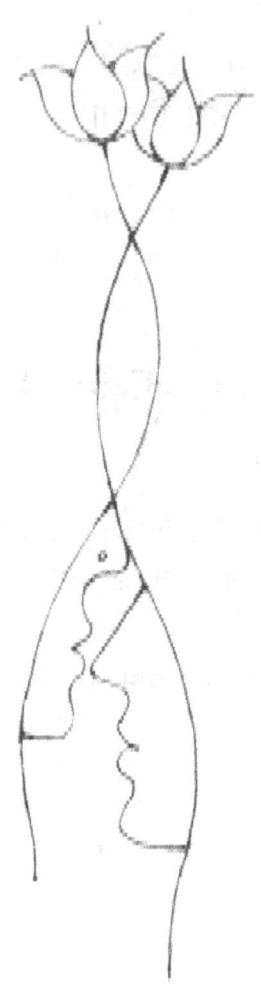

कैसा लगता है तेरा चाहने वाला देखूँ

कल तलक वो जो मेरे सर की कसम खाता था
आज सर उसने मेरा कैसे उछाला देखूँ

क्रोणी वेडा मज म्हणते

मुझसे माज़ी मेरा कल रात सहम कर बोला
किस तरह मैंने यहाँ खुद को संभाला देखूँ

जिसके आँगन से खुले थे मेरे सारे रस्ते
उस हवेली पे भला कैसे मैं ताला देखूँ।

सब तमन्नाएँ हों पूरी

सब तमन्नाएँ हो पूरी, कोई ख्वाहिश भी रहे
चाहता वो है, मुहब्बत में नुमाइश भी रहे

आस्मां चूमे मेरे पँख, तेरी रहमत से
और किसी पेड़ की डाली पे रिहाइश भी रहे

उसने सौंपा नहीं मुझको मेरे हिस्से का वजूद
उसकी कोशिश है कि मुझसे मेरी रंजिश भी रहे

मुझको मालूम है, मेरा है वो मैं उसका हूँ
उसकी चाहत है कि रस्मों की ये बंदिश भी रहे

मौसमों से रहें 'विश्वास' के ऐसे रिश्ते
कुछ अदावत भी रहे थोड़ी नवाज़िश भी रहे

दिल तो करता है

दिल तो करता है खैर करता है
आपका ज़िक्र ग़ैर करता है

क्यों न मैं दिल से दूँ दुआ उसको
जबकि वो मुझसे बैर करता है

क्रोणी वेडा मज म्हणते

आप तो हू-ब-हू वही हैं जो
मेरे सपनों में सैर करता है

इश्क़ क्यूं आपसे ये दिल मेरा
मुझसे पूछे बग़ैर करता है

एक ज़र्रा दुआएँ माँ की ले
आसमानों की सैर करता है

पल की बात थी

मैं जिसे मुद्दत में कहता था वो पल की बात थी,
आपको भी याद होगा आजकल की बात थी।

रोज मेला जोड़ते थे वे समस्या के लिए,
और उनकी जेब में ही बंद हल की बात थी।

उस सभा में सभ्यता के नाम पर जो मौन था,
बस उसी के कथ्य में मौजूद तल की बात थी।

नीतियाँ झूठी पड़ी घबरा गए सब शास्त्र भी,
झोंपड़ी के सामने जब भी महल की बात थी।

चन्द कलियां निशात की

कोई दीवाना कहता है

कोई दीवाना कहता है कोई पागल समझता है

मगर धरती की बेचैनी को बस बादल समझता है
मैं तुझसे दूर कैसा हूँ तू मुझसे दूर कैसी है
ये तेरा दिल समझता है या मेरा दिल समझता है

मुहब्बत एक अहसासों की पावन सी कहानी है
कभी कबिरा दीवाना था, कभी मीरा दीवानी है
यहां सब लोग कहते हैं मेरी आँखों में आँसू हैं
जो तुम समझते तो मोती है, जो ना समझे तो पानी है

बदलने को तो इन आँखों के मंज़र कम नहीं बदले
तुम्हारी याद के मौसम, हमारे गम नहीं बदले
तुम अगले जन्म में हमसे मिलोगी तब तो मानोगी
जमाने और सदी की इस बदल में हम नहीं बदले

हमे मालूम है दो दिल जुदाई सह नहीं सकते
मगर रस्मे-वफा ये है, की ये भी कह नहीं सकते
जरा कुछ देर तुम उन साहिलों की चीख सुन भर लो
जो लहरों में तो डूबे हैं, मगर संग बह नहीं सकते

कोणी वेडा मज म्हणते

समन्दर पीर का अन्दर है लेकिन रो नहीं सकता
ये आँसू प्यार का मोती है इसको खो नहीं सकता
मेरी चाहत को दुल्हन तू बना लेना मगर सुन ले
जो मेरा हो नहीं पाया वो तेरा हो नहीं सकता

मिले हर जख़्म को, मुस्कान से सीना नहीं आया
अमरता चाहते थे, पर गरल पीना नहीं आया
तुम्हारी और मेरी दास्तां, में फ़र्क़ इतना है
मुझे मरना नहीं आया, तुम्हें जीना नहीं आया

पनाहों में जो आया हो तो उस पे वार क्या करना
जो दिल हारा हुआ हो उस पे फिर अधिकार क्या करना
मुहब्बत का मज़ा तो डूबने की कशमकश में है
हो ग़र मालमू गहराई तो दरिया पार क्या करना

जहाँ हर दिन सिसकना है जहाँ हर रात गाना है
हमारी ज़िन्दगी भी इक तवायफ़ का घराना है
बहुत मजबूर होकर गीत रोटी के लिखे मैंने

क़ोणी वेडा मज म्हणते

तुम्हारी याद का क्या है उसे तो रोज़ आना है

तुम्हारे पास हूँ लेकिन जो दूरी है, समझता हूँ
तुम्हारे बिन मेरी हस्ती अधूरी है, समझता हूँ
तुम्हें मैं भूल जाऊँगा ये मुमकिन है नहीं लेकिन
तुम्हीं को भूलना सबसे जरूरी है, समझता हूँ

मैं जब भी तेज़ चलता हूँ नज़ारे छूट जाते हैं
कोई जब रूप गढ़ता हूँ तो साँचे टूट जाते हैं
मैं रोता हूँ तो आकर लोग कँधा थपथपाते हैं
मैं हँसता हूँ तो अक़्सर लोग मुझसे रूठ जाते हैं

सदा तो धूप के हाथों में ही परचम नहीं होता
खुशी के घर में भी बोलो कभी क्या ग़म नहीं होता
फ़क़त इक आदमी के वास्ते जग छोड़ने वालों

फ़क़त उस आदमी से ये ज़माना कम नहीं होता

हमारे वास्ते कोई दुआ माँगे, असर तो हो
हक़ीक़त में कहीं पर हो न हो आँखों में घर तो हो

तुम्हारे प्यार की बातें सुनाते हैं ज़माने को
तुम्हें ख़बरों में रखते हैं मगर तुमको ख़बर तो हो

बताऊँ क्या मुझे ऐसे सहारों ने सताया है
नदी तो कुछ नहीं बोली किनारों ने सताया है
सदा ही शूल मेरी राह से खुद हट गये लेकिन
मुझे तो हर घड़ी, हर पल बहारों ने सताया है

हर इक नदिया के होंठों पर समन्दर का तराना है
यहां फरहाद के आगे सदा कोई बहाना है
वही बातें पुरानी थीं, वही किस्सा पुराना है
तुम्हारे और मेरे बीच में फिर से ज़माना है

मेरा प्रतिमान आँसू में भिगोकर गढ़ लिया होता
अकिंचन पाँव तब आगे तुम्हारा बढ़ लिया होता
मेरी आँखों में भी अँकित समर्पण की ऋचाएँ थीं
उन्हें कुछ अर्थ मिल जाता तो जो तुमने पढ़ लिया होता

कोई खामोश है इतना बहाने भूल आया हूँ
किसी की इक तरन्नुम में तराने भूल आया हूँ
मेरी अब राह मत तकना कभी ऐ आसमां वालों
मैं इक चिड़िया की आँखों में उड़ाने भूल आया हूँ

हमें दो पल युरूरे-इश्क में मदहोश रहने दो
ज़ेह्न की सीढ़ियाँ उतरो, अँमा ये जोश रहने दो
तुम्ही कहते थे ''ये मसलें, नज़र सुलझी तो सुलझेंगे''
नज़र की बात है तो फिर ये लब खामोश रहने दो

मैं उसका हूँ वो इस अहसास से इनकार करता है
भरी महफिल में वो रुसवा मुझे हर बार करता है
यकीं है सारी दुनिया को खफ़ा है मुझसे वो लेकिन
मुझे मालूम है फिर भी मुझी से प्यार करता है

अभी चलता हूँ, रस्ते को मैं मंज़िल मान लूँ कैसे
मसीहा दिल को अपनी ज़िद का क़ातिल मान लूँ कैसे
तुम्हारी याद के आदिम-अन्धेरे मुझको घेरे हैं
तुम्हारे बिन जो बीते दिन उन्हें दिन मान लूँ कैसे

भ्रमर कोई कुमुदिनी पर मचल बैठा तो हँगामा
हमारे दिल में कोई ख्वाब पल बैठा तो हँगामा
अभी तक डूब कर सुनते थे सब क़िस्सा मुहब्बत का
मैं क़िस्से को हक़ीक़त में बदल बैठा तो हँगामा

क़ोणी वेडा मज म्हणते

कभी कोई जो खुलकर हँस लिया दो पल तो हँगामा
कोई ख्वाबों में आकर बस लिया दो पल तो हँगामा
मैं उससे दूर था तो शोर था साज़िश है, साज़िश है
उसे बाँहों में खुलकर कस लिया दो पल तो हँगामा

जब आता है जीवन में ख्यालातों का हँगामा
ये जज़्बातों, मुलाकातों हसीं रातों का हँगामा
जवानी के क़यामत दौर में यह सोचते हैं सब
ये हँगामें की रातें हैं, या है रातों का हँगामा

क़लम को खून में खुद के डुबोता हूँ तो हँगामा
गिरेबां अपना आँसू में भिगोता हूँ तो हँगामा
नहीं मुझ पर भी जो खुद की ख़बर वो है ज़माने पर
मैं हँसता हूं तो हँगामा, मैं रोता हूं तो हँगामा

इबारत से गुनाहों तक की मंज़िल में है हँगाम
ज़रा-सी पी के आये बस तो महफ़िल में है हँगामा
कभी बचपन, जवानी और बुढ़ापे में है हँगामा
ज़ेह्न में है कभी तो फिर कभी दिल में है हँगामा

हुए पैदा तो धरती पर हुआ आबाद हँगामा
जवानी को हमारी कर गया बर्बाद हँगामा
हमारे भाल पर तक़दीर ने ये लिख दिया जैसे
हमारे सामने है और हमारे बाद हँगामा

ये उर्दू बज़्म है और मैं तो हिन्दी मां का जाया हूँ
ज़बानें मुल्क़ की बहनें हैं ये पैग़ाम लाया हूँ
मुझे दुगनी मुहब्ब्त से सुनो उर्दू ज़बाँ वालों
मैं अपनी मां का बेटा हूँ, मैं घर मौसी के आया हूँ

स्वयं से दूर हो तुम भी, स्वयं से दूर हैं हम भी
बहुत मशहूर हो तुम भी, बहुत मशहूर हैं हम भी
बड़े मग़रुर हो तुम भी, बड़े मग़रूर हैं हम भी
अतः मजबूर हो तुम भी, अतः मजबूर हैं हम भी

हरेक टूटन, उदासी, ऊब आवारा ही होती है
इसी आवारगी में प्यार की शुरूआत होती है
मेरे हँसने को उसने भी गुनाहों में गिना जिसके
हरेक आँसू को मैंने यूँ संभाला जैसे मोती है

क्रोणी वेडा मज म्हणते

कहीं पर जग लिये तुम बिन, कहीं पर सो लिये तुम बिन
भरी महफ़िल में भी अक्सर, अकेले हो लिये तुम बिन
ये पिछले चन्द बरसों की, कमाई साथ है अपने
कभी तो हँस लिये तुम बिन, कभी फिर रो लिये तुम बिन

हमें दिल में बसाकर अपने घर जाएँ तो अच्छा हो
हमारी बात सुन लें और ठहर जाएँ तो अच्छा हो
ये सारी शाम जब नज़रों ही नज़रों में बिता दी है
तो कुछ पल और आँखों में गुज़र जाएँ तो अच्छा है

नज़र में शोख़ियाँ लब पर मुहब्बत का तराना है
मेरी उम्मीद की ज़द में अभी सारा ज़माना है
कई जीते हैं दिल के दे पर मालूम है मुझको
सिकन्दर हूँ मुझे इक रोज़ ख़ाली हाथ जाना है

हमारे शेर सुनकर भी जो वो ख़ामोश इतना है
खुदा जाने गुरुरे-हुस्न में मदहोश कितना है
किसी प्याले ने पूछा है सुराही से सबब मय का
जो खुद बेहोश है वो क्या बताए होश कितना है

बस्ती-बस्ती घोर उदासी, पर्वत-पर्वत खालीपन
मन हीरा बेमोल लुट गया, घिस-घिस रीता तन चन्दन
इस धरती से उस अम्बर तक, दो ही चीज ग़ज़ब की हैं
एक तो तेरा भोलापन है, एक मेरा दीवानापन

इस दीवानेपन की लौ में, धरती-अम्बर, छूट गया
आँखों में जो लहरा था वो, आँचल पल भर, छूट गया
टूट गया बाँसुरी और हम बने द्वारिकाधीश मगर
अपना गोकुल बिसर गया और गाँव-गली, घर छूट गया

सब अपने दिल के राजा हैं सबकी कोई रानी है
कभी प्रकाशित हो न हो पर सबकी एक कहानी है
बहुत सरल है पता लगाना किसने कितना दर्द सहा
जिसकी जितनी आँख हँसे हैं उतनी पीर पुरानी है

जिसकी धुन पर दुनिया नाचे, दिल ऐसा इकतारा है
जो हमको भी प्यारा है और, जो तुमको भी प्यारा है
झूम रही है सारी दुनिया, जबकि हमारे गीतों पर
तब कहती हो प्यार हुआ है, क्या अहसान तुम्हारा है

क़ोणी वेडा मज म्हणते

धरती बनना बहुत सरल है कठिन है बादल हो जाना
सँजीदा होने में क्या है मुश्किल पागल हो जाना
रंग खेलते हैं सब लेकिन कितने लोग हैं ऐसे जो
सीख गये हैं फागुन की मस्ती में फागुन हो जाना

सखियों सँग रँगने की धमकी सुनकर क्या डर जाऊँगा
तेरी गली में क्या होगा ये मालूम है पर आऊँगा
भीग रही है काया सारी खजुराहो की मूरत-सी
इस दर्शन का और प्रदर्शन मत करना मर जाऊँगा

किस्मत सपन संवार रही है, सूरज पलके चूम रहा है
यूँ तो जिसकी आहट भर से, धरती अम्बर झूम रहा है
नाच रहे हैं जंगल, पर्वत, मोर, चकोर सभी लेकिन
उस बादल की पीड़ा समझो, जो बिन बरसे घूम रहा है

हमने दुःख के महा-सिन्धु से सुख का मोती बीना है
और उदासी के पंजों से, हँसने का सुख छीना है
मान और सम्मान हमें ये याद दिलाते हैं पल-पल
भीतर-भीतर मरना है पर बाहर-बाहर जीना है

क्रोणी वेडा मज म्हणते

इस उड़ान पर अब शर्मिंदा, तू भी है और मैं भी हूँ
आसमान से गिरा परिंदा, तू भी है और मैं भी हूँ
छूट गयी रस्ते में जीने-मरने की सारी कसमें
अपने-अपने हाल में जिंदा, तू भी है और मैं भी हूँ

खुशहाली में इक बदहाली, तू भी है और मैं भी हूँ
हर निगाह पर एक सवाली, तू भी है और मैं भी हूँ
दुनियां कुछ भी अर्थ लगाये, हम दोनों को मालूम है
भरे-भरे पर खाली-खाली, तू भी है और मैं भी हूँ

तुम अमर राग-माला बनो तो सही
एक पावन शिवाला बनो तो सही
लोग पढ़ लेंगें तुमसे सबक़ प्यार का
प्रीति की पाठशाला बनो तो सही

ताल को ताल की झँकृति तो मिले
रूप का भाव की अनुकृति तो मिले
मैं भी सपनों में आने लगूँ आपके
पर मुझे आपकी स्वीकृति तो मिले

दीप ऐसे बुझे फिर जले ही नहीं
ज़ख्म इतने मिले फिर सिले ही नहीं
व्यर्थ क़िस्मत पे रोने से क्या फ़ायदा
सोच लेना कि हम तुम मिले ही नहीं

लाख अँकुश सहे इस मृदुल गात पर
बन्दिशें कब निभीं मेरे जज़्बात पर
आपने पर मुझे बेवफ़ा जब कहा
आँख नम हो गयीं आपकी बात पर

झूठी तसल्लियों से कुछ भी भला न होगा
या प्यार ही अधूरा खुलकर पता न होगा
अब भी समय है उसको रो-रो के रोक लो तुम
वो दूर जाने वाला घर से चला न होगा

वही कच्चे आमों के दिन गाँव में हैं
वही नर्म छाँवों के दिन गाँव में हैं
मगर ये शहर की अजब उलझने हैं
न तुम गाँव में हो न हम गाँव में हैं

मोह को त्यागे हुए पँछी बहुत खुश थे
रात भर जागे हएु पँछी बहुत खुश थे
यूं किसी कोने में कोई डर भी था लेकिन
नीड़ से भागे हुए पँछी बहुत खुश थे

दर्द का साज दे रहा हूं तुम्हें
दिल के सब राज़ दे रहा हूँ तुम्हें
ये ग़ज़ल, गीत सब बहाने हैं
मैं तो आवाज़ देर हा हूँ तुम्हें....